CATALOGUE

D'UNE COLLECTION

D'OBJETS D'ART

ET DE CURIOSITÉ

Anciennes Porcelaines de la Chine, du Japon, de
Sèvres et de Saxe; Faïences; Bronzes d'ameublement; Pendules, Candélabres, etc.; Meubles
de diverses Époques; Glaces et Objets divers;

DONT LA VENTE AUX ENCHÈRES PUBLIQUES AURA LIEU

Par suite de Cessation de Commerce de M. HERVOIT

HOTEL DES VENTES, RUE DROUOT, 5

Salle n° 2

LES VENDREDI 7 & SAMEDI 8 JUIN 1867

A DEUX HEURES

Par le ministère de M⁰ **CHARLES PILLET**, Comm^re-Priseur,
rue de Choiseul, 11,
Assisté de M. **FEBVRE**, Expert, rue Laffitte, 12,
Chez lesquels se distribue le présent Catalogue.

EXPOSITION PUBLIQUE

Le JEUDI 6 Juin 1867, de une heure à cinq heures.

PARIS — 1867

EXEMPLAIRE DE H. STETTINER

RENOU & MAULDE

Imprimeurs de la Compagnie des Commissaires-Priseurs,

RUE DE RIVOLI, 144

CATALOGUE

D'UNE COLLECTION

D'OBJETS D'ART

ET DE CURIOSITÉ

Anciennes Porcelaines de la Chine, du Japon, de Sèvres et de Saxe; Faïences; Bronzes d'ameublement; Pendules, Candélabres, etc.; Meubles de diverses Époques; Glaces et Objets divers;

DONT LA VENTE AUX ENCHÈRES PUBLIQUES AURA LIEU

Par suite de Cessation de Commerce de M. HERVOIT

HOTEL DES VENTES, RUE DROUOT, 5

Salle n° 2

LES VENDREDI 7 & SAMEDI 8 JUIN 1867

A DEUX HEURES

Par le ministère de Me **CHARLES PILLET**, Commre-Priseur,
rue de Choiseul, 11,

Assisté de M. **FEBVRE**, Expert, rue Laffitte, 12,

Chez lesquels se distribue le présent Catalogue.

EXPOSITION PUBLIQUE

Le Jeudi 6 Juin 1867, de une heure à cinq heures.

PARIS — 1867

CONDITIONS DE LA VENTE

Elle sera faite au comptant.

Les Acquéreurs paieront CINQ POUR CENT en sus du prix d'adjudication.

L'Exposition mettant les Acquéreurs à même de se rendre compte de l'état des Objets, il ne sera reçu aucune réclamation une fois l'adjudication prononcée.

DÉSIGNATION

PORCELAINES DE LA CHINE ET DU JAPON

1 — Deux grands Vases de la Chine, fond vert d'eau céladonné. Ils sont ornés de médaillons de paysages en camaïeu bleu et aussi de fleurs blanches en relief sous émail. Anses à jour à salamandres.

2 — Deux grands Vases de la Chine de forme ovoïde, fond rouge rubis.

3 — Deux beaux Vases de la Chine de forme octogone; beau décor flambé au grand feu en tons rouge rubis, bleu et blanc.

4 — Deux autres, même genre que les précédents.

5 — Grande Potiche de la Chine à panse renversée; décor bleu perse uni orné de paysages en rehauts d'or.

6 — Deux Vases de la Chine forme bouteille à huit pans, fond rouge laqué, avec rehauts de fruits, de fleurs et de figures en or de plusieurs tons.

7 — Deux Vases de la Chine de forme cylindrique, décor fond rose granulé, sur lequel en émaux de couleur sont des personnages chinois, anses à mufles de lions.

8 — Vase de la Chine forme balustre, fond vert d'eau en vieux céladon craquelé, anses à trompes d'éléphants.

9 — Vase de la Chine forme balustre à six pans, anses à jour à chimères, fond bleu de roi uni.

10 — Vase balustre de la Chine, décor fond vert avec frises grises sous émail, représentant des fleurs et des palmettes.

11 — Grand Vase de la Chine, forme balustre, en céladon craquelé, fond vert tendre.

12 — Autre Vase de la Chine, fond céladonné et craquelé sur lequel se détache en émaux de couleur un mandarin assistant à un tournoi.

13 — Autre Vase de la Chine forme balustre, fond céladonné sur lequel se détachent en émail bleu des dragons se débattant au milieu des flots.

14 — Trois Jardinières de forme octogone en porcelaine de la chine, décor camaïeu bleu, offrant sur chaque pan des paysages et des médaillons de fleurs.

15 — Soupière, couvercle et son plateau en porcelaine de la Chine, décor en couleur dit à mandarins.

16 — Très-joli Pot à eau en ancienne porcelaine de la Chine, décor de la famille verte.

17 — Deux Plats en porcelaine de la Chine, ancien décor de la famille verte avec frises gaufrées sous émail.

18 — Plateau en porcelaine de la Chine, décor bleu à sujets chinois.

19 — Brûle-parfum de la Chine à anses élevées forme S. Beau décor en émail de divers tons, représentant des fleurs et des frises sur fond vert d'eau.

20 — Deux Beurriers en porcelaine de Chine, représentés par deux perroquets à plumages émaillés.

21 — Quatre Tabourets de jardin en porcelaine de la Chine, très-riche décor de fleurs émaillées.

22 — Petit Groupe en porcelaine de Chine, représentant un coq, une poule et un poussin sur un rocher.

23 — Belle et grande Garniture en porcelaine du Japon, composée de deux potiches et deux cornets, décor à médaillons de fleurs sur fond or uni.

24 — Deux grands et beaux Vases en Japon à cols élevés et évasés, beau décor de fleurs en relief en partie dorées.

25 — Grande Potiche en porcelaine du Japon, surmontée d'un cornet également en Japon, beau décor bleu à fleurs avec rehauts d'or, monture en bronze doré.

26 — Ancienne Potiche en porcelaine du Japon, fond bleu en grande partie laqué en noir, rouge et or d'ornements en relief.

27 — Deux Plats creux en porcelaine du Japon, décor de paysages.

28 — Deux Potiches en porcelaine du Japon, de forme hexagone, décor camaïeu bleu à frises et entourage de fleurs.

29 — Grande Vasque en porcelaine du Japon, ornée à l'intérieur en camaïeu bleu d'un paysage avec pagode et d'une riche frise.

30 — Soupière avec couvercle et plateau en Japon. décor de fleurs et de paysages en camaïeu bleu.

31 — Grand et beau Plat en Japon, riche décor; au centre, un vase contenant des fleurs.

32 — Deux Bouteilles en Japon formant buires par leur monture en bronze doré.

33 — Deux Cornets en porcelaine du Japon.
— Deux Boîtes à thé également en Japon.

34 — Diverses pièces de la Chine et du Japon : Assiettes, Sucriers, etc., seront vendus sous ce numéro.

PORCELAINES DE SÈVRES ET DE SAXE

35 — Deux Coupes en porcelaine de Sèvres pâte tendre, ancien décor à cartels d'oiseaux et de draperies en relief en blanc sur fond bleu turquoise.

36 — Trois Assiettes en Sèvres pâte tendre, décor à médaillons de fleurs.

37 — Deux Plats à bords cintrés en ancienne porcelaine de Sèvres pâte tendre, tous deux décorés de bouquets de fleurs. Ancien décor.

38 — Coquille en ancienne porcelaine de Sèvres pâte tendre, décor dit feuille de chou.

39 — Tasse et sa soucoupe en ancien Sèvres pâte tendre, décor à écussons dorés et petites figures de villageois.

40 — Soupière en ancienne porcelaine de Sèvres, décor moderne avec fond bleu turquoise, ornée de médaillons de fleurs.

41 — Petite Coupe en porcelaine pâte tendre, décor fond gros bleu avec rehauts d'or et médaillons de fleurs et d'oiseaux, socle en bronze.

42 — Deux Statuettes en biscuit de Sèvres pâte tendre, représentant assis l'un Rollin, l'autre Montauzier.

43 — Grande et belle Soupière en ancienne porcelaine de Saxe, la panse et le couvercle à côtes roses et vertes ornées de médaillons de fleurs; sur le couvercle, un lion debout tient un écusson armorié, anses formées par des cariatides entourées de fleurs.

44 — Figurine en porcelaine de Saxe, représentant le prince Charmant tenant la pantoufle de Cendrillon.

45 — Plat en ancien Saxe, décoré de fruits, d'insectes et de fleurs.

46 — Corbeille en porcelaine allemande, avec panneaux quadrillés à jour séparant des médaillons à personnages d'après Lancret.

FAÏENCES

47 — Très-belle garniture composée de trois potiches et de deux cornets en ancienne faïence de Delft, dessins à côtes saillantes, décor de frises et de fleurs en camaïeu bleu.

48 — Garniture en faïence de Delft composée d'une grande potiche et de deux bouteilles, décor bleu à palmettes et personnages chinois.

49 — Trois Coupes à fruits en ancienne faïence de Delft; l'intérieur avec ornements en relief, décor à sujets en camaïeu bleu.

50 — Deux Bouteilles forme gourde en ancienne faïence de Delft, décor bleu à sujets chinois.

51 — Grand Tableau en faïence de Delft, représentant un Paysage animé de figures en camaïeu bleu. Dessin d'après Berghem.

52 — Fontaine avec bassin en faïence de Rouen, ornés de fleurs, de guirlandes et de rinceaux, décor polychrôme.

53 — Grand Vase de forme cylindrique en faïence italienne, décoré de fleurs de tons variés et de feuillage sur fond bleu d'azur.

54 — Deux Flambeaux en ancienne faïence, les bases, le milieu et le haut entourés de pampres à jour en relief.

BRONZES D'AMEUBLEMENT

55 — Pendule en bronze doré, ancien travail Louis XIV, ornée de volutes, de chutes de fleurs et de mascarons.

56 — Grande et belle Garniture de cheminée en bronze doré style Louis XVI.

La pendule surmontée d'un vase avec pendentifs de fleurs, les candélabres à neuf lumières reposant également sur des vases.

57 — Pendule de l'époque de Louis XVI en bronze
doré et marbre turquin, le cadran enchâssé
dans un fût de colonne cannelé surmonté de
deux colombes.

58 — Belle Garniture de cheminée style Louis XVI
en bronze doré en partie au mat.

La pendule avec supports à jour et guirlandes
de fleurs, le cadran surmonté d'un vase. Deux
candélabres à neuf lumières complètent la
garniture.

59 — Grande Pendule en bronze doré, style de
Louis XVI, le haut orné d'un groupe représentant une Bacchante et deux petits Faunes.

60 — Pendule style Louis XVI en bronze doré et
marbre blanc, ornée de deux figures : Jeune
Femme debout tenant un portrait que couronne
un Amour.

61 — Garniture de cheminée composée d'une pendule style rocaille en bronze doré avec côtés à
jour, et de deux candélabres à six lumières for-
més par des tiges à larges rinceaux également
en bronze doré.

62 — Garniture de cheminée composée d'une pendule en bronze doré style rocaille et de deux
candélabres à sept lumières supportées par des
branches de chêne.

63 — Pendule à cadran tournant en bronze doré;
au centre, une colonne supportant un buste de
femme; autour de la colonne dansent des enfants tenant des guirlandes de fleurs.

64 — Garniture de cheminée en bronze et bronze
doré de l'époque de l'Empire, composée d'une
pendule avec figure allégorique de l'Astronomie;
les candélabres offrent des femmes debout
d'après l'antique supportant des tiges à cinq
lumières.

65 — Horloge de l'époque de Louis XIV dans sa
gaîne en chêne très-richement sculptée.

66 — Ancien Régulateur style Louis XV en bois
de rose, orné de bronzes.

67 — Horloge portative de l'époque Louis XIII.
socle en bronze doré.

68 — Deux beaux Candélabres en bronze doré, le
haut à six lumières entourées de fleurs de lys;
le bas avec vase en porcelaine fond bleu de roi
entouré de guirlandes et dominé d'anses à jour.

69 — Deux Candélabres à sept lumières en bronze
doré et socles en marbre sur lesquels deux
enfants d'après Clodion soutiennent les tiges.

70 — Deux Flambeaux en bronze de l'époque de
Louis XIV.

71 — Deux Flambeaux Louis XVI en bronze doré,
ornés de frises, de canaux, de fleurs et de têtes de
lions soutenant des guirlandes et pendentifs.

72 — Plusieurs Bras-appliques en bronze des époques Louis XIV et Louis XV seront vendus sous
ce numéro.

73 — Deux Vases en bronze doré, style Louis XVI.
anses élevées à jour formées par des rinceaux
contournés supportant des guirlandes de fleurs.
Socles en marbre blanc ornés de perles.

74 — Deux Vases en bronze, style Louis XVI, ornés de têtes de béliers et des attributs des Arts.

75 — Buste de Bacchus. Bronze d'après l'antique. Époque Louis XVI.

76 — Grande Cassolette en bronze et bronze doré; travail de l'époque du Consulat. La coupe est soutenue par trois bustes de femmes égyptiennes ailées.

77 — Deux Candélabres à quatre lumières complétant la garniture en bronze et bronze doré. Travail de la même époque. Le bas offre une pyramide dominée par une sphère sur laquelle sont assis des oiseaux de proie soutenant les tiges.

78 — Statuette en bronze de Bernard Palissy représenté assis, tenant de la main gauche l'épreuve d'un de ses plats.

79 — Personnage japonais monté sur un buffle. Ancien bronze du Japon.

80 — Chimère accroupie: grande pièce en bronze du Japon. Travail ancien.

81 — Brûle-parfum en bronze du Japon; la panse et le couvercle à jour entourés de rinceaux, anses en relief, formées par des salamandres.

82 — Deux Chenets du XVIe siècle en cuivre; le bas avec volutes et mascarons; le haut avec socles carrés soutenant des boules.

83 — Deux petits Chenets époque Louis XVI, en bronze doré. Vases montés sur des socles.

84 — Deux Chenets modernes en bronze doré, style rocaille.

85 — Deux petits Bougeoirs en bronze doré, style
Louis XVI.

86 — Lanterne d'escalier, style Louis XV; monture en bronze.

MEUBLES DE DIVERSES ÉPOQUES

87 — Ancien Lit époque Louis XIII, à quatre faces,
en chêne sculpté. Le Couronnement orné d'oves,
de rosaces et de motifs et supporté par deux
colonnes avec atlantes; le bas offre plusieurs
frises de raies de cœur et de palmettes.

88 — Meuble dressoir en bois sculpté; l'entable-
ment orné d'oves, de godrons et de mascarons;
le centre avec panneaux sculptés à perspective;
les coins à colonnes cannelées; le bas soutenu
par des supports à feuilles d'acanthe. Travail du
XVIe siècle.

89 — Grand Coffret de mariage, riche décor en
bois sculpté, avec frises de godrons, de palmettes entourant un écusson. Sur les côtés sont
des mascarons dans des cartouches.

89 *bis* — Meuble genre Boule, en marqueterie de
cuivre sur écaille; les coins avec cariatides;
riches ornements en bronze doré.

90 — Grande Commode en bois de Courbary, de
l'époque de Louis XV. Elle est de forme contournée et incrustée de filets. Travail italien.

91 — Très-jolie petite Commode Louis XV ornée de
beaux cuivres rocaille.

92 — Commode Louis XVI en bois de rose, beau
décor à damier. Deux tiroirs.

93 — Grande Commode de l'époque de Louis XVI,
en bois de rose, ornée de quadrilles et de frises
de grecques en marqueterie de bois.

94 — Petit Chiffonnier à deux tiroirs en bois,
orné de fleurs marquetées. Travail hollandais.

95 — Ancienne Console Louis XVI de forme demi-
ronde, en bois de rose incrusté de fleurs et d'ornements en bois de couleur; dessus de marbre.

96 — Console rocaille en bois sculpté et doré.

97 — Grande Console en bois sculpté et doré, époque Louis XVI; dessus de marbre.

98 — Console de l'époque de Louis XVI en bois
sculpté et doré, ornée de frises; le bas avec
vase.

99 — Table-console de l'époque Louis XVI, à
quatre faces en bois sculpté et doré, ornée de
frises et de médaillons, pieds à canaux avec
pirouettes; dessus de marbre jaspé.

100 — Très-joli Bureau à quatre faces, de l'époque
de Louis XV, en bois satiné, orné de quadrilles.
Le dessus avec bande en cuivre contourné; les
pieds et les tiroirs avec ornements en bronze.

101 — Grande Table de forme rectangulaire, en
bois, ornée de marqueterie de fleurs, pieds à
colonnes torses avec jambages également tors.

102 — Petite Table-bureau de l'époque de Louis XV,
en bois d'acajou incrustée de fleurs en marqueterie de bois. Poignées en bronze doré.

103 — Bureau en bois de rose de l'époque de Louis XVI; le dessus orné de filets et d'un riche médaillon de fleurs en marqueterie de bois.

104 — Ancien Bureau à dos d'âne, époque Louis XV. en bois de violette; les pieds contournés.

105 — Petit Meuble à tiroirs époque Louis XIII; le devant à six tiroirs. appliqué sur toutes ses parties d'écaille rouge avec filets en ivoire.

106 — Grand Meuble à hauteur d'appui de forme contournée, en bois de rose, très-richement décoré de bronzes dorés au feu offrant des frises. des godrons, des feuilles d'eau, et au centre, des médaillons entourant des plaques en porcelaine tendre ornés de groupes de fleurs.

107 — Grande Vitrine de l'époque de Louis XV en marqueterie de bois. Travail hollandais.

108 — Une Encoignure à deux vantaux, époque de Louis XV. forme contournée, en bois de rose, avec ornements incrustés.

109 — Boîte à dentelles en bois d'ébène massif. de l'époque de Louis XIV. Le devant orné de poignées en cuivre et d'appliques à dessins fleur-delisés.

110 — Beau Fauteuil de l'époque de Louis XIV en bois sculpté et doré; garniture en damas de soie rouge.

111 — Deux Chaises de l'époque de Louis XVI, en bois doré et sculpté, garnies d'anciennes tapisseries à fleurs.

112 — Deux Chaises hollandaises en bois orné de fleurs marquetées.

113 — Grande Glace avec riche encadrement en bois sculpté et doré, offrant des branchages en relief et des bouquets de fleurs en ronde-bosse.

114 — Deux autres Glaces plus petites. même genre d'encadrement que la précédente.

115 — Glace de l'époque de Louis XIV, avec riche encadrement en bois sculpté et doré.

116 — Paravent composé de quatre feuilles en cuir peint représentant des fruits.

OBJETS DIVERS

117 — Deux petits Panneaux en ancien laque de la Chine, fond noir à rehauts d'or; décor de personnages.

118 — Quatre Panneaux anciens en verre peint et doré, représentant des paysages style chinois.

119 — Petit Coffret en ivoire sculpté orné de frises et de bouquets de fleurs repercés à jour. Travail chinois.

120 — Deux Boîtes à couvercles en laque rouge de Pékin, très-richement ornementées.

121 — Vase en marbre, forme Médicis, orné de larges oves. de feuilles d'acanthe et de guirlandes de laurier sculptées en relief.

122 — Médaillon en marbre blanc sculpté, représentant la tête d'un Empereur romain; fond noir.

123 — Portrait en buste du pape Urbain II. Belle pièce en bois sculpté, d'un très-beau caractère.

124 — Support de fantaisie en fer forgé, représentant de larges feuilles fleurdelisées avec rinceaux de fleurs. Travail de l'époque Louis XIII.

125 — Deux Socles de candélabres de forme : voïde, en marbre brèche, le bas orné de feuilles d'acanthe très-finement sculptées.

126 — Un lot de Lapis en bloc. Sera divisé.

127 — Plusieurs Cadres de glaces des époques Louis XV et Louis XVI.

128 — Trois panneaux en chêne sculpté représentant des arabesques. Travail ancien d'une très-grande finesse.

Hauteur d'un des panneaux, 1^{m}45 sur 0^{m}70.

Hauteur de chacun des deux autres, 1^{m}20 sur 1^{m}00.

129 — Un Paravent à six feuilles, orné de peintures à l'huile représentant des figures et des attributs style Louis XIV ; le dos est tendu en damas cramoisi et garni de clous dorés.

Hauteur, 2^{m}00.

Largeur de chaque feuille, 0^{m}72.

130 — Une Armure complète du moyen âge en fer forgé damasquiné d'or.

131 — Quantité de Modèles pour pendules, Bras, etc., seront vendus sous ce numéro.

132 — Sous ce numéro, les Objets non catalogués.

Renou et Maulde, imprimeurs de la Compagnie des Commissaires-Priseurs, rue de Rivoli, 144.   4526